l'Antiquité du
Triomphe de Béziers
au jour de l'ascension

1628 5395

L'ANTIQUITÉ DU TRIOMPHE DE BEZIERS AU JOUR DE L'ASCENSION,

dédiée par l'Imprimeur à Messieurs les Habitans de ladite Ville, contenant les plus rares histoires qui ont été représentées au susdit jour, ces dernieres années. BEZIERS, Jean Martel, 1628. *in-12.*

Les treize pieces dont je vais donner l'analyse sont renfermées sous ce titre. Pour avoir l'intelligence des motifs de cette fête, il faut sçavoir que, la ville de Beziers ayant été délivrée des ennemis le jour de l'Ascension, on a institué une cérémonie pour en conserver le souvenir. Ce jour-là, les peuples voisins se rendent à Beziers ; on y tient une foire, on y fait une procession, & on y célébre des Jeux. Des pieces dramatiques font partie de la solemnité de ce jour. Il faut sçavoir encore qu'il y a dans cette Ville une grosse statue de pierre qu'on croit représenter un ancien Capitaine nommé *Pierre Pecruce,* que le peuple par corruption appelle *Pepesuc.* C'est ce même Pepesuc qui joue le plus grand rôle dans la plûpart de ces pieces.

HISTOIRE DE PEPESUC à sept personnages.

Après un prologue, Megere paroît sur la terre & annonce la guerre. Les Soldats Gascons & François prennent les armes, & réveillent Pepesuc leur Général. Celui-ci les anime à bien faire ; & lorsqu'ils sont tout prêts à combattre, la paix les arrête par son retour. Megere revient, les anime de nouveau. Ils ren-

trent tous en fureur ; mais la paix qui revient rétablit le calme, & chacun fe retire dans fon foyer. Dans cette piece froide & fans fel , le Soldat François, Megere & la Paix parlent françois ; & les autres Acteurs, gafcon.

LE JUGEMENT DE PARIS à huit perfonnages.

Le Berger Pâris eft amoureux de la Bergere Oenone, qui le fuit pour éprouver fa fidélité. Enfin elle fe rend & avoue fa foibleffe.

PARIS.

Permettez cependant que je baife une fois
Ces levres de coral, qui vont faifant les loi
A mes chaftes defirs.

OENONE.

Votre bouche de rofe.
Ne doit pas demander une fi jufte chofe.

COLIN.

Ayffo non pouyrio pas ana millou que va ,
Puis qu'aves commençat, es rafon d'accaba.
Intras dedins lou bofc jouft caucos ombrettos ,
Refrefcas la calou de voftros amourettos.

Ceci ne peut pas mieux aller qu'il va. Puifque vous avez commencé, il eft raifonnable d'achever. Entrez dans le bois, & fous l'ombre des arbres, rafraîchiffez la chaleur de vos amours.

Ils fuivent ce confeil. Quelque tems après Colin dit :

Je ou m'en bou dins lou bofc, per veyre s'elle es laffe.
Je m'envais dans le bois, pour voir un peu fi elle eft laffe.

Cependant Mercure arrive; il annonce l'aventure de la pomme d'or jettée par la Difcorde, & deftinée à la plus belle. Il rend compte auffi de la querelle que cette pomme a fufcitée entre les Déeffes Junon, Pallas & Vénus, & du deffein que les Dieux ont pris de rendre Pâris juge de ce différend. Les Déeffes arrivent devant leur Juge, & font chacune un long difcours au berger. Pâris leur répond:

> Déeffes, ce feroit un jugement volage,
> De juger d'un foleil à travers un nuage.
> Votre riche parure ombrage vos thréfors:
> Ces beautés font dedans, il les faut voir dehors;
> Il vous faut exhiber à mes yeux toutes nues.

Elles obéiffent : & Pâris adjuge à Vénus le prix de la beauté. Elle lui promet en récompenfe les faveurs de la belle Helene; & il part pour la Grece. Cependant Colin inftruit la malheureufe Oenone du départ de fon amant. Cette tendre bergere fe défole; elle fe rappelle les promeffes de Pâris; elle répéte les vers que pour elle il avoit gravés fur les arbres.

> Alors que Pâris infidelle
> Sans Oenone refpirera,
> Le flux à foy-même rebelle
> Vers fa fource retournera.

Enfin elle fe donne la mort. Colin, au défefpoir du malheur qui vient d'arriver, & dont fon indifcrétion eft caufe, veut auffi fe tuer; mais la réflexion qu'i

fait qu'il pourroit être mangé par les loups , le détourne de ce deſſein.

You ſiou doncos d'aviſt per eſvita aquel ſort ;
Que qui es viou ſio viou , & qui es mort ſio mort.
Je ſuis doncques d'avis pour éviter ce ſort ,
Que qui eſt vif ſoit vif , & que qui eſt mort ſoit mort.

Il enterre Oenone , & grave une épitaphe ſur ſon tombeau. Cette piece en un acte eſt moitié en françois , moitié en gaſcon.

HISTOIRE DE LA RÉJOUISSANCE DES CHAMBRIERES DE BEZIERS, ſur le nouveau rejailliſſement d'eau des tuyaux de la fontaine.

Il y avoit à Beziers une fontaine qui depuis quelques années ne couloit plus. Les ſervantes, qui étoient obligées d'aller chercher de l'eau fort loin , ſe plaignent à la Ville & la menacent de la quitter, ſi la fontaine n'eſt bientôt rétablie. Elles diſent, pour leurs raiſons , qu'en allant à la riviere, elles courent riſque de tomber , que les femmes ont le malheureux penchant de faire toujours leur chute par derriere , & que les hommes viennent alors mettre le doigt , ou le bouchon, dans le gouleau de leur bouteille , qu'ils fendent même bien ſouvent. A cette occaſion , les ſervantes racontent de bonnes hiſtoires qui leur ſont arrivées. L'une eſt rencontrée par ſon galant qui la renverſe , & veut voir ſi elle eſt fêlée : il trouve le défaut & y met une emp'âtre. L'autre écume le pot,

fon amant la prend par derriere, elle laiffe tomber l'é-
cumoire & la cherche : l'amant lui en préfente le
manche, & lui dit de le mettre dans certain trou,
pour le rendre folide. D'autres difent des chofes à
peu près femblables. Cependant la Ville leur promet
qu'elles feront bientôt contentes ; & en effet on voit,
peu de tems après, la fontaine jaillir. Les fervantes
célébrent cet événement par des chanfons affez plai-
fantes. Cette farce comique & fort orduriere eft en
un acte, & moitié françois, moitié gafcon.

LES MARIAGES R'HABILLÈS, Paftorale
à cinq perfonnages.

Le vieillard Policart confie à fon valet Cafcarel
qu'il a deffein de fe marier avec Coucouve, & le
charge de conclure cette affaire. Il veut en même-
tems faire époufer Serane fa fille unique avec Alimon
fils de Coucouve. Cafcarel s'acquitte de fa commiffion ;
& ce double mariage étoit prêt à fe conclure, lorfque
ce valet, ayant été grondé par fon maître, brouille,
pour fe venger, la Vieille & le Vieillard. Il leur fait à
l'un & à l'autre un récit infidéle de leur caractère. On
en vient cependant aux éclairciffemens.

COUCOUVE.

Cafcarel me diguet qu'on paffaves pas neit,
Quand eres endourmit, qu'on piffeffes al leit.

LE VIEILLARD.

Lou malhurous goujat jamais non mange raves,
S'on me diguet que vous quado neit y cagaves.

COUCOUVE.

Cafcarel m'a dit que vous ne paſſiez pas une nuit, lorſ-
que vous étiez endormi, que vous ne piſſaſſiez au lit.

LE VIEILLARD.

» *Le malheureux Goujat, je veux ne jamais manger ra-*
ves, s'il ne m'a pas dit que chaque nuit vous y chiez.

On découvre la friponnerie du valet ; & les maria-
ges s'accompliſſent. Cette Paſtorale en cinq actes,
n'a nulle obſcénité. Elle eſt toute en vers gaſcons de
douze ſillabes.

LA COLERE DE PEPESUC. Les Fêtes, dont
nous avons parlé, avoient été interrompues à cauſe
des abus qui s'y étoient gliſſés ; on les rétablit en-
ſuite : & cette piece fut repréſentée à cette occaſion.
Elle n'eſt qu'une eſpece de dialogue entre quelques
perſonnes du peuple, ſur l'interruption de la cérémonie, & Pepeſuc qui vante ſes exploits & raconte ſon
hiſtoire. Une femme l'interrompt, pour lui demander
ce qu'il a fait de deux groſſes coquilles, & d'un long
pendant à l'avenant, qui faiſoit trémouſſer toutes les
filles. Il lui répond :

Dame Bigorto aquos veray,
Yeou ay perdu mon papagay,
Et vous diray mon infortuno.
Uno neit qu'on faſio pas luno,
Une troupe de jouvencels,
Que deraberon lous martels,
En penſan qu'yeou fouſſi uno porto,
Vengeroun d'une eſtrango forto,

> Me lou prengeron en las dous mas,
> Et puys tire qui tiaras;
> Me l'y douneron de eouffides
> Un de tenaillos omicides,
> Crefen que foffe un gros martel
> De la grand porte d'un caftel;
> Si bé que tan me brandigeron,
> Qu'a la fi me lou deraberon.

Dame Bigorre, cela eft vrai que j'ai perdu mon perro-quet; & je vous dirai mon infortune. Une nuit qu'il n'y avoit point de lune, une troupe de jouvenceaux qui arra-choient tous les marteaux, penfant que j fuffe une porte, vinrent d'une étrange forte, ils me le prirent avec les deux mains, & puis tire toi, tire moi : ils me donnerent des fecouffes avec des tenailles homicides, croyant que ce fût un gros marteau de la grande porte d'un Château, fi bien que tant ils me branlerent, qu'à la fin ils me l'arrache-rent.

Il détaille enfuite les diverfes aventures de cet en-gin, qui fervit de pilon à un Apothicaire ; enfuite de batan de cloche, &c. &c. C'eft ainfi que finit cet ouvrage, qui eft en un acte & écrit en gafcon.

LAS CARITATS DE BEZIERS à huit perfon-nages.

C'eft le nom de la Fête en queftion. On dit faire caritats, le jour de la cérémonie. Dans cette piece, deux jeunes hommes & leurs amantes vont affifter à la fête. Ils écoutent les difcours des perfonnages qui

fervent à ce triomphe. On fait l'histoire de Pepesuc, du chameau, &c. Les filles prennent place. Deux Bergers ont ensemble un dialogue. L'un d'eux dit :

> Mas Damas, prestas nous cueque parel de filles,
> Nous autres li aprendren de jouga de las quilles,
> Que cal tira toujours à la rego del miech.

Mesdames, prêtez-nous une paire de filles ; & nous leur apprendrons à jouer aux quilles : à notre jeu, il faut toujours tirer à la raye du milieu. La procession passe ensuite sur le théâtre ; & les deux jeunes amans épousent leurs maîtresses. Cette piece est en quatre actes & en vers alexandrins gascons.

HISTOIRE MEMORABLE SUR LE DUEL D'ISABELLE ET DE CLORIS, pour la jouissance de Philemon.

Isabelle aime Philemon ; mais elle est gênée par une vieille mere acariâtre, qui lui permet rarement de sortir. Cloris, son amie & sa confidente, se charge de ses messages, & lui procure les moyens de voir son amant. Cette Cloris devient elle-même amoureuse de Philemon. Elle combat quelquefois sa passion, & céde enfin à sa violence. Elle dit à Philemon qu'Isabelle est infidelle. Celui-ci entre en fureur, rompt avec sa maîtresse, & offre son cœur à Cloris qui l'accepte. Isabelle, au desespoir, épie la conduite de son amant : elle regarde à travers une porte, &

le voit entre les bras de Cloris. Elle ne doute plus de la perfidie de fon amie ; & pour s'en venger, elle lui envoie un cartel, & fur le théâtre fe bat contre elle, l'épée à la main. Cloris tombe morte de fes blef-fures. Ifabelle fe déguife en foldat, pour ne pas tomber entre les mains de la Juftice. Philemon fe met en campagne, pour la chercher ; il la rencontre. Sous fon déguifement, elle lui demande l'aumône ; il la reconnoît, & l'époufe. Cette piece eft en cinq actes & en grands vers gafcons. Elle eft bien verfifiée, bien conduite, & les perfonnages bien foutenus.

PLAINTE D'UN PAYSAN fur le mauvais traitement qu'ils reçoivent des Soldats ; à trois perfonnages.

Ce titre explique tout le fujet de cette piece, qui eft en vers gafcons. C'eft un Payfan & deux Soldats qui viennent à la fête de Beziers, & qui font le détail des horreurs de la guerre, & fur tout des rigueurs qu'on exerce contre les Payfans.

LAS AVANTUROS DE GAZETTO.
LES AVENTURES DE GAZETTE, à fix perfonnages.

Ce Gazette eft le chef d'une troupe de Bouffons. Il raconte quelques aventures qui lui font arrivées. Il

ne fait pas cependant le sujet principal de la piece. Une vieille femme fait l'éloge de sa fille, qui aime tellement le travail.

> Que per non perdre tems, ben'souven on s'aviso,
> Qu'elle pisse en marchan san leva la camiso.

Que pour ne point perdre de tems, bien souvent on la voit qu'elle pisse en marchant sans lever sa chemise.

Cette fille si sage, si diligente, est aimée d'un jeune homme qu'elle dédaigne. Sa mere la persécute, pour le lui faire épouser ; mais pour se soustraire à ses reproches & à ceux de son amant, elle s'engage dans la troupe de Gazette. On la poursuit & on la ratrape. On veut punir Gazette, qui se justifie. Enfin la piece finit par le mariage de cette fille avec son galant. Cette Comédie est en trois actes & en vers gascons de douze sillabes.

LES AMOURS DE LA GUIMBARDE, à cinq personnages.

Cette piece est très-plaisante, & paroît n'avoir été composée, que pour faire valoir quelques chansons, qui couroient dans le tems en Languedoc sur les amours de Guimbarde & de Dupont. Celui-ci, combattu par l'amour & par la gloire, céde à ce dernier sentiment, & part pour le Château de Plaisance, où il va en

garnifon. En vain Guimbarde veut le retenir. Elle jette les hauts cris fur le départ de fon amant. Mi-quonquette, fon amie, lui confeille de cacher fon cha-grin, pour ne pas devenir la fable de la Ville. En effet, on entend chanter de tous côtés des couplets fur les amours de Dupont & de Guimbarde. Il y en a plufieurs de très-plaifans ; mais trop longs pour les traduire. Guimbarde envoie un meffager à Dupont, pour l'inftruire de ce qui fe paffe. Cet amant arrive fur le champ, & promet de punir les Chanfonniers ; mais, dans le même tems, il entend chanter dans les couliffes de nouvelles chanfons fur lui & fur fa maî-treffe. Dupont prend alors le parti le plus fage : il fe prête à la plaifanterie ; & Guimbarde & lui fe met-tent à chanter ces mêmes chanfons, & à danfer avec la plus grande gaïeté. Cette Comédie eft en un acte & toute en vers gafcons.

HISTOIRE DE DONO PEIROUTOUNO.
HISTOIRE DE DAME PEIROUTOUNE,
à quatre perfonnages.

Rondelette eft aimée de Braquetin, & lui tient rigueur. Celui-ci implore le fecours de Cupidon, pour parvenir à la fléchir. Ce Dieu la trouve endormie, lui tire une fléche par derriere, & promet à Braque-quetin qu'il la trouvera plus docile. Dès qu'elle eft

réveillée, il va l'aborder, & est fort étonné de la trouver encore plus cruelle. Il s'en plaint à l'Amour, & lui observe qu'il faut toujours tirer les filles par devant, si on veut réussir avec elles. Ensuite il va trouver Dame Peiroutoune, & la met dans ses intérêts. Celle-ci vient à bout d'adoucir Rondelette, & lui fait épouser son amant. On célèbre par des chansons la gloire de Peiroutoune : l'Amour lui-même lui cède la palme, & lui remet ses flèches & son carquois. Cette pièce est en un acte & en vers languedociens.

HISTOIRE DU VALET GUILLAUME ET DE LA SERVANTE ANTOINE, à six personnages.

Guillaume & la Servante Antoine déclament contre l'Amour. Ce Dieu, pour les punir, lance d'abord une de ses flèches sur Guillaume, qui est embrasé d'amour. Il poursuit sans cesse Antoine, qui est insensible. Cet amant malheureux se desespere : l'Amour, touché de sa douleur, blesse enfin Antoine, qui devient aussi tendre que Guillaume ; mais celui-ci, pour se venger, feint d'être peu touché de son amour. Antoine le suit par tout ; elle va le trouver dans sa maison. Guillaume profite de l'occasion, & satisfait les desirs d'Antoine. Cependant le maître de Guillaume & la maîtresse d'Antoine s'apperçoivent de cette intrigue, & surprennent ces deux amans couchés ensemble.

MADEMOISELLE.

Combien de fois, paillarde, as-tu fouillé ton lit ?

ANTOINE.

Non, pas que trente cops,
Seulement trente coups.

MONSIEUR.

Un tel nombre fuffit.

Antoine avoue qu'elle eft groffe, & on lui fait époufer fon amant. Cette piece en un acte eft affez plaifante. Le Monfieur, la Demoifelle & Cupidon, parlent françois; les autres, languedocien.

LES DEUX BOUTADES qui fuivent, fur le coquinage, fur la pauvreté & fur la mode, ne font que des déclamations fans fcènes. Elles font en vers gafcons. On n'y trouve que ces quatre vers françois; c'eft un perroquet qui parle:

Je caquette dans un bocage,
Et mes difcours font bien hardis ;
Mais fi j'étois dans votre cage,
Je ferois plus que je ne dis.

LES AMOURS D'UN SERGENT AVEC UNE VILLAGEOISE, à deux perfonnages.

C'eft un dialogue Gafcon, en ftances de fix vers, entre un Sergent & une Villageoife. Le Sergent fait une déclaration d'amour, & la Villageoife le refufe.

G
53

www.ingramcontent.com/pod-product-compliance
Lightning Source LLC
Chambersburg PA
CBHW061628180626
46818CB00005B/2287